Analyse [illegible]e

Par Floren[illegible]pin

GW01605162

Un long dimanche de fiançailles

de Sébastien Japrisot

lePetitLittéraire.fr

Rendez-vous sur lepetitlitteraire.fr et découvrez :

Plus de 1200 analyses
Claires et synthétiques
Téléchargeables en 30 secondes
À imprimer chez soi

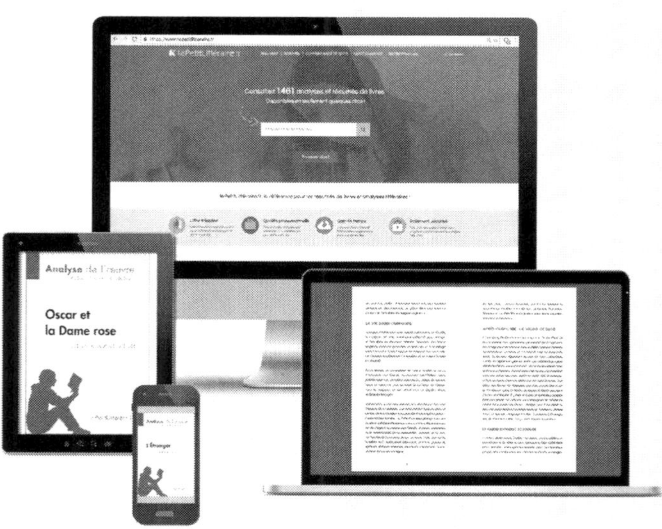

SÉBASTIEN JAPRISOT

ROMANCIER, SCÉNARISTE, RÉALISATEUR ET TRADUCTEUR FRANÇAIS

- **Né en 1931 à Marseille**
- **Décédé en 2003 à Vichy**
- **Quelques-unes de ses œuvres :**
  - *Les Mal Partis* (1950), romanUn long
  - *L'Été meurtrier* (1977), roman
  - *La Passion des femmes* (1986), roman

Français issu de l'immigration italienne, né en 1931, Jean-Baptiste Rossi, dit Sébastien Japrisot, publie son premier roman, *Les Mal Partis*, à l'âge de 19 ans. Quelques années plus tard, il oriente sa production fictionnelle vers le roman policier, genre dans lequel il forgera sa renommée. Il a notamment remporté le grand prix de Littérature policière pour *Piège pour Cendrillon* (1963) et le Best Crime Novel pour *La Dame dans l'auto avec des lunettes et un fusil* (1966). L'auteur, traduit dans de nombreux pays, était également traducteur, scénariste et réalisateur. Il s'est éteint en 2003.

UN LONG DIMANCHE DE FIANÇAILLES

UNE ŒUVRE ENTRE INTRIGUE AMOUREUSE ET ENQUÊTE POLICIÈRE

- **Genre :** roman
- **Édition de référence :** *Un long dimanche de fiançailles*, Paris, Gallimard, « Folio », 2004, 400 p.
- **1re édition :** 1991
- **Thématiques :** Première Guerre mondiale, amour, enquête, énigmes, persévérance

Paru en 1991, *Un long dimanche de fiançailles* est le dernier roman de Japrisot. Il plonge le lecteur à l'époque de la Grande Guerre (1914-1918) et met en scène le parcours de Mathilde, une jeune femme déterminée à retrouver la trace de Manech, son fiancé condamné à mort pour mutilation volontaire. Le roman oscille donc entre intrigue amoureuse et enquête policière.

À sa sortie, *Un long dimanche de fiançailles* a reçu le prix Interallié, qui récompense habituellement des romans rédigés par des journalistes.

RÉSUMÉ

CINQ CONDAMNÉS À MORT

En janvier 1917, cinq soldats français ont été condamnés à mort par un conseil de guerre pour s'être blessés à la main afin d'échapper aux combats. Leur sentence est particulièrement cruelle : ils sont conduits en première ligne pour être jetés, les mains attachées, dans le *no man's land* et ainsi livrés aux balles ennemies. Le premier, surnommé l'Eskimo, est Kleber Bouquet. Il porte des bottes subtilisées à un soldat allemand ; le second, Six-Sous, est soudeur ; le troisième, appelé Cet homme, est un homme massif et silencieux ; le quatrième, Ange Bassignano, est un jeune voyou marseillais ; le dernier est le plus jeune, Manech. Les horreurs de la guerre lui ont fait perdre la raison. Inconscient du sort qui lui est promis il sourit, pensant rentrer chez lui pour épouser la jeune fille qu'il aime depuis l'enfance, Mathilde.

Les soldats Daniel Esperanza, Célestin Poux, Benjamin Gordes et Jean Desrochelles ont l'ordre de les conduire jusqu'à la tranchée nommée « Bingo Crépuscule » et de les lâcher dans le *no man's land*. C'est à contrecœur qu'ils exécutent cette injuste mission, le samedi 6 janvier au soir. Ils tâchent cependant de « soulager » les condamnés comme ils peuvent : Esperanza récupère de chacun d'eux une dernière lettre adressée à un proche ; Célestin Poux donne un de ses gants (rouge) à Manech à qui il en manque un ; Gorde échange ses chaussures avec l'Eskimo qui portait des bottes allemandes, prise de guerre qui aurait fait de lui une cible encore plus évidente.

Le lendemain, avant la reprise des combats qui ont fait rage ce jour-là, les cinq hommes sont morts : seul un bonhomme de neige, œuvre de Manech, se tient debout entre les deux tranchées ennemies. Six-Sous a été abattu par un tir allemand ; Ange a fini par être tué par un des siens après avoir voulu se rendre aux Allemands ; l'Eskimo est mort sous les tirs d'un avion allemand, tout comme Manech et Cet homme… c'est du moins ce que racontent les témoins de ce dimanche sanglant à Mathilde qui, sous le coup d'un pressentiment, va chercher à en savoir plus.

L'ENQUÊTE DE MATHILDE

En 1919, deux ans après qu'on lui a annoncé le décès de son fiancé « mort au combat », Mathilde est contactée par Daniel Esperanza, qui faisait partie de l'escorte des cinq condamnés. Celui-ci est rongé par le souvenir du samedi soir lors duquel il a abandonné Manech et ses compagnons d'infortune à une mort certaine et souhaite soulager sa conscience en contactant les destinataires des ultimes lettres des condamnés, dont il a gardé une copie.

À l'issue de cet entretien, Mathilde est déterminée à faire la lumière sur les évènements qui entourent la disparition de Manech et elle nourrit l'espoir que son fiancé soit toujours en vie. Elle se lance alors dans une enquête qui durera plus de sept ans pour retrouver sa trace.

Esperanza lui a livré son récit des évènements, mais aussi les copies des lettres des condamnés et une photo d'eux, en route pour Bingo Crépuscule. Ces premiers éléments serviront de base à la jeune femme pour son investigation.

Avant de se rendre chez chacun des destinataires des missives, elle contacte Pierre-Marie Rouvière, un ami haut placé de son père, pour vérifier les dires d'Esperanza. Après des recherches, celui-ci l'informe que l'administration nie catégoriquement les faits. Les cinq hommes sont morts au combat, ordre n'a jamais été donné de les jeter dans le *no man's land*... un document officiel le prouve : un acte de grâce signé de Poincaré. Mathilde n'abandonne pas son enquête pour autant, suivant son instinct et sentant Esperanza sincère, d'autant qu'elle reconnait Manech sur la photo confiée par le soldat et qu'elle a bien reçu la dernière lettre de son fiancé, dont il lui a remis la copie. On apprendra pas la suite que les cinq condamnés avaient bien été graciés, mais que l'acte n'est jamais parvenu jusqu'à eux.

Elle contacte ensuite les destinataires des lettres qu'elle a en sa possession (du moins ceux qu'elle retrouvera, car Tina, l'amante d'Ange, et l'épouse de Cet homme sont introuvables, malgré de nombreuses investigations). Le premier à qui elle s'adresse est Petit Louis, l'ami de l'Eskimo. Celui-ci lui indique le nom de l'amante du condamné, Véronique Passavant, qu'elle rencontrera un peu plus tard. Véronique informe à son tour Mathilde qu'elle a reçu l'étrange visite de Tina Lombardi, l'ex-compagne d'Ange, venue lui demander si elle avait eu des nouvelles de l'Eskimo. Apparemment Tina enquête elle aussi et semble penser que son amant a survécu au *no man's land* : elle aurait appris que deux des cinq condamnés, l'un portant des bottes allemandes, l'autre étant plus jeune, avaient été embarqués dans une ambulance le lundi 8 janvier.

Mathilde passe également des annonces dans de nombreux journaux, demandant tout renseignement sur les journées du 6 au 8 janvier 1917 à Bingo Crépuscule, sur les cinq condamnés, sur Célestin Poux et sur Benjamin Gordes. Elle recevra de nombreux témoignages qui l'aideront à reconstituer les faits. C'est par ce biais qu'elle prendra contact notamment avec un détective privé, Germain Pire, ayant travaillé pour la veuve de Benjamin Gordes. Celui-ci l'informe que Benjamin Gordes est mort dans les combats du dimanche 7 janvier, aperçu pour la dernière fois sur un brancard, chaussé de bottes allemandes. Il avait ramené avec lui un jeune soldat blessé qu'il avait secouru : Jean Desrochelles. Germain Pire aidera, quelques années plus tard, Mathilde à retrouver Célestin Poux, l'homme qui avait donné son gant à Manech. Celui-ci comblera le récit des évènements du dimanche et des terribles combats qui ont eu lieu ce jour-là. D'après lui, les deux survivants que Tina Lombardi prend pour l'Eskimo et Ange (l'homme chaussé de bottes allemandes et l'autre soldat, plus jeune), étaient en fait Benjamin Gordes et Jean Desrochelles. Et de fait, on sait que Benjamin Gordes avait échangé ses bottes avec l'Eskimo pour lui donner une maigre chance de survie dans le *no man's land*.

Après des années d'enquête, Mathilde reçoit de nouveau des nouvelles de Pierre-Marie Rouvière qui l'informe qu'on a retrouvé les tombes des cinq condamnés : elles ont été creusées par des soldats canadiens qui leur ont offert une sépulture après avoir trouvé leur corps. Les noms ont été mis sur les tombes d'après les matricules trouvés sur les dépouilles.

Suite à cette découverte, Mathilde aurait arrêté là son enquête, si les derniers éléments n'étaient pas parvenus jusqu'à elle. Elle reçoit d'abord une lettre de Tina Lombardi qui a mené une véritable vendetta contre « ceux qui ont assassiné [s]on Nino » (p. 306). Elle a ainsi assassiné les responsables de sa condamnation et de sa mort. Arrêtée et condamnée à la guillotine, elle écrit à Mathilde à la veille de son exécution. Elle lui apprend que le survivant qu'elle avait pris pour Ange, celui qui avait été sauvé par le soldat aux bottes allemandes, portait un gant rouge. Par ailleurs, Mathilde, en visite sur les lieux de Bingo Crépuscule, apprend par le propriétaire du champ que celui-ci comporte les ruines d'une ancienne chapelle. Comprenant ce qui s'est réellement passé ce dimanche 7 janvier, elle se repenche sur la dernière lettre que Cet homme avait écrite à sa femme et qui lui avait paru « incongrue » à l'époque. C'est ainsi qu'elle décode enfin la lettre de Benoît Notre-Dame et comprend qu'il donnait rendez-vous à son épouse dans un village reculé. Elle s'y rend, le rencontre, et son témoignage achève de combler les trous du récit.

CE QUI S'EST PASSÉ DANS LE *NO MAN'S LAND*... ET LA SUITE

Le dimanche 7 janvier, Cet homme est blessé mais toujours vivant, réfugié sous terre, dans les ruines cachées d'une ancienne chapelle. Alors que les combats ont repris au-dessus de lui et se sont déplacés (les Français ont repris un peu de terrain aux Allemands), il entend les voix de Benjamin Gordes (qui porte les bottes allemandes échangées avec l'Eskimo la veille) et de Jean Desrochelles qui rentrent à la base. Ceux-ci sont alors touchés par une explosion et meurent. Pour se donner une chance d'échapper à la cour martiale, Cet homme échange ses affaires avec celles de Gordes, y compris les bottes allemandes, et sort de sa cachette pour rejoindre les tranchées françaises. En chemin, il passe devant le bonhomme de neige de Manech et s'aperçoit que le jeune homme est toujours en vie. Il entreprend alors de le sauver et d'échanger son matricule avec celui de Jean Desrochelles (il n'a pas l'énergie d'échanger leurs vêtements, d'où le fait que Manech ait conservé le gant rouge une fois à l'infirmerie où il a été vu pour la dernière fois). Une fois arrivé dans le camp français, les deux hommes sont pris en charge par les médecins et se perdent de vue. Cet homme rejoint sa femme et poursuit sa vie sous une fausse identité.

Manech, lui, est amnésique. Il ne sait plus qui il est et, étant pris pour Jean Desrochelles, est renvoyé chez la mère de celui-ci. Éplorée et sous le coup de la perte de son fils, celle-ci fera passer Manech pour Jean, empêchant Mathilde de retrouver son fiancé.

Le lundi 8 janvier, des soldats canadiens trouvent les corps de cinq Français. L'un d'eux tient à ce qu'ils aient une sépulture et se base sur les plaques des hommes pour noter leur nom. Cet homme ayant revêtu les corps de Gordes et de Desrochelles de son matricule et de celui de Manech, on leur attribue une tombe à tous les deux, bien qu'ils aient survécu.

LES RETROUVAILLES DE MATHILDE ET MANECH

À la fin du roman, Mathilde, comprenant que Manech a pris malgré lui l'identité de Jean Desrochelles, apprend que le jeune soldat a été évacué du front et soigné dans plusieurs hôpitaux avant de retourner chez sa mère. Avec l'aide de Germain Pire, après sept ans de séparation, elle retrouve son fiancé. En la découvrant, celui-ci lui demande, comme lors de leur première rencontre, alors qu'ils étaient enfants : « Tu peux pas marcher ? »

ÉTUDE DES PERSONNAGES

MATHILDE

Héroïne du roman, Mathilde est une belle jeune femme née le 1er janvier 1900. Issue d'une famille aisée, elle est passionnée par la peinture. Elle souffre d'un handicap moteur à cause d'une chute qu'elle a faite étant enfant. Tandis que ses parents habitent à Paris, elle préfère vivre dans leur villa de vacances à Cap-Breton, dans les Landes, en compagnie de Sylvain et de Bénédicte, un couple de quadragénaires.

Tout au long du récit, elle n'a qu'une idée en tête : découvrir ce qu'a vécu Manech, son fiancé, déclaré mort au combat entre le 6 et le 8 janvier 1917. C'est dans ce but qu'elle entreprend de mener sa propre enquête, durant laquelle elle garde toujours l'espoir de retrouver vivant celui qu'elle aime.

Mathilde possède un caractère fort. Extrêmement courageuse, elle ne s'apitoie jamais sur son sort. C'est également une jeune femme fière qui ne laisse pas entrevoir aux autres la souffrance immense qu'elle porte en elle. Par ailleurs, elle fait preuve d'une grande détermination : rien ni personne ne semble pouvoir l'arrêter dans sa quête de la vérité.

MANECH

Originaire de Cap-Breton, Manech, de son vrai nom Jean Etchevery, appartient à une famille modeste. Dans les années qui précèdent la guerre, il souhaite devenir pêcheur, comme son père. Il rencontre Mathilde, de deux ans sa cadette, alors qu'il n'est encore qu'un enfant. À l'adolescence, l'amitié qui les lie se transforme en amour, mais cette nouvelle étape dans leur relation est vite assombrie par la mobilisation de Manech en 1916.

À la guerre, le jeune homme fait preuve de bravoure dans un premier temps, mais il sera extrêmement choqué lors d'une bataille au cours de laquelle il perd l'un de ses compagnons. Suite à cette expérience traumatisante, Manech a une peur maladive de tout ce qui l'entoure. Une seule idée le console : la perspective de revoir Mathilde, qu'il veut épouser dès son retour de la guerre. Cette préoccupation devient tellement obsédante qu'il tente à deux reprises d'obtenir une permission, la première fois en se rendant malade par une intoxication alimentaire, et la seconde en faisant en sorte qu'un soldat allemand tire sur sa main. Mais la supercherie est remarquée et un conseil de guerre condamne le jeune homme à mort pour mutilation volontaire.

Après le procès, Manech est plongé dans un véritable délire. Il survit miraculeusement à la guerre et prend l'identité de Jean Desrochelles bien malgré lui, étant devenu amnésique.

ANGE BASSIGNANO ET TINA LOMBARDI

Fils d'émigrés italiens de Marseille, Ange possède de nombreux défauts : il est égoïste, malhonnête, avare, tricheur, peureux et hypocrite (« Jamais prénom n'avait été plus mal porté », p. 21). Tina et lui se connaissent depuis toujours. Lorsqu'ils emménagent ensemble, le jeune homme pousse son amante à se prostituer pour rapporter de l'argent au foyer. En 1914, il donne un coup de couteau à un homme pour une affaire de proxénétisme. Il est condamné à cinq ans de prison, mais, en 1916, il accepte la proposition qui lui est faite de rejoindre le front, pensant que la guerre ne durera plus longtemps. Quand il se rend compte qu'il avait tort, il convainc un autre soldat de se tirer mutuellement une balle dans la main. C'est pour cette raison qu'il sera emprisonné et qu'il sera emmené à Bingo Crépuscule. Sa lâcheté le mènera à sa perte : il est tué par le caporal Thouvenel, un homme de son propre camp, après avoir supplié les Allemands de l'épargner et de leur avoir promis de leur fournir des informations sur la tranchée française.

Tina Lombardi, quant à elle, s'apparente au double maléfique de Mathilde. Tout comme l'héroïne, elle consacre tout son temps à enquêter dans l'espoir de retrouver celui qu'elle aime. Cependant, la manière de procéder de la jeune Marseillaise diffère radicalement de celle de Mathilde : Tina ne se montre pas solidaire envers les autres veuves ; elle peut être très agressive avec ceux qu'elle interroge et n'hésite pas à offrir son corps pour obtenir des renseignements. Quand elle apprend que son amant a été tué, elle entreprend d'assassiner tous ceux qui sont responsables de près ou de loin de sa mort. Surnommée la tueuse d'officiers, Tina offre un exemple de la manière dont la passion amoureuse peut mener à la folie meurtrière.

BENOÎT NOTRE-DAME, CET HOMME

Benoît Notre-Dame, un fermier de la Dordogne surnommé « Cet Homme », est grand et fort. Il a été abandonné par ses parents quand il était bébé. Sur le front, les autres soldats le considèrent comme un homme solitaire et taciturne. Il est extrêmement brave et, à Bingo Crépuscule, il est « le seul des cinq soldats condamnés qui cro[it] encore à la chance et qu'on ne les fusiller[a] pas » (« Samedi soir », p. 19).

Déterminé à rester en vie, il parvient à s'enfuir du champ de bataille. Ayant rejoint sa femme et son fils dans un village près de Paris, il tente de se construire une nouvelle vie.

Il est le véritable sauveur de Manech : il a fait passer le jeune homme pour Jean Desrochelles et l'a porté jusqu'au poste de secours.

KLÉBER BOUQUET, L'ESKIMO

Kléber Bouquet est un menuisier « vif et robuste » (*ibid.*, p. 15) âge d'une trentaine d'années. C'est un homme courageux (dans le *no man's land*, il n'hésite pas à lancer une grenade sur l'avion allemand) et fidèle en amitié (pour aider son ami Benjamin Gordes, il met en péril sa relation amoureuse avec Véronique Passavant).

Les bottes allemandes qu'il porte à Bingo Crépuscule constitueront un élément central dans l'enquête que mènera Mathilde.

CLÉS DE LECTURE

LA PREMIÈRE GUERRE MONDIALE ENVISAGÉE SUR LE MODE DE L'INTIME

Dans le roman, la Première Guerre mondiale est essentiellement racontée à travers l'impact néfaste qu'elle a eu sur l'existence des soldats et de leur famille. Le récit met surtout l'accent sur le chamboulement que la guerre provoque dans la vie personnelle de chaque être qui y est confronté.

Au fil des témoignages relatant le destin d'hommes et de femmes ordinaires, la barbarie et le caractère traumatisant de la guerre sont soulignés. C'est par la voix de ses personnages que l'auteur entend dénoncer l'atrocité de la Grande Guerre : « [Mathilde] sait que la guerre n'engendre qu'infamie sur infamie, vanité sur vanité, excréments sur excréments [...] et que sur les champs de bataille dévastés ne poussent que le chiendent de l'hypocrisie ou la pauvre fleur de la dérision. » (« Bingo Crépuscule », p. 40)

La guerre marque irrémédiablement chaque individu, à l'image de Manech qui, traumatisé par l'horreur des combats, perd la raison et la mémoire. Bien plus, le conflit mondial pousse les personnes à adopter des comportements totalement déraisonnables :

- Tina Lombardi se rend coupable de plusieurs meurtres ;
- Benjamin Gordes, qui est devenu alcoolique tant la vie dans les tranchées est insoutenable, convainc sa femme et son ami Kléber d'avoir des relations sexuelles ensemble

dans l'espoir qu'elle tombe enceinte, ce qui lui permettrait d'être démobilisé. Étant donné les circonstances exceptionnelles, Élodie Gordes finit par accepter, même si elle a honte : « C'est une folie qui, comme beaucoup d'autres, n'aurait jamais pu exister sans la guerre. » (« La femme prêtée », p. 195) ;

- le père de Manech, trop accablé par la mort de son fils et de sa femme, se suicide ;
- Benoît Notre-Dame usurpe l'identité de Benjamin Gordes afin de pouvoir déserter le front. Il est contraint à vivre dans l'anonymat le plus total à cause de la guerre, « la plus immonde, la plus cruelle, la plus inutile de toutes les conneries » (« Les tournesols du bout du monde », p. 350) ;
- Juliette Desrochelles, anéantie quand elle apprend que son fils est décédé, prétend être la mère de Manech, même si elle sait que son mensonge est immoral.

UNE MULTIPLICITÉ DE GENRES LITTÉRAIRES

Un long dimanche de fiançailles est un récit où s'intriquent différents genres romanesques.

Le roman historique

Le roman historique est un genre qui mêle des éléments réels et des éléments fictionnels. Le plus souvent, le cadre de l'histoire, le contexte dans lequel elle se déroule, est réel, tandis que les personnages et leurs péripéties ont été inventés par l'auteur, comme c'est le cas ici. En effet, Japrisot situe son intrigue dans une période qui a fortement marqué l'histoire du XXe siècle, la Première Guerre mondiale. Le récit contient de nombreuses références à la réalité historique de l'époque :

- les mutilations volontaires et les sanctions qui les accompagnent, les recherches menées par plusieurs veuves de guerre pour retrouver leur mari, les lettres codées, la venue de soldats canadiens sur le sol français, etc. ;
- la pénibilité de la vie des soldats sur le front, la guerre des tranchées ou guerre de position ;
- le front de la Somme, le maréchal Pétain (1856-1951), le président Poincaré (1860-1934).

Quant aux personnages et à l'intrigue principale de l'œuvre, c'est-à-dire l'enquête de Mathilde, ils sortent tout droit de l'imagination de l'auteur, même s'ils sont réalistes.

Le roman policier

Un long dimanche de fiançailles est le compte-rendu de l'enquête menée par Mathilde, qui s'attache à retrouver Manech et à reconstituer les circonstances liées à sa disparition. Il répond aux caractéristiques du roman policier à bien des égards.

L'intrigue est construite autour d'un mystère à résoudre : que s'est-il passé le dimanche 7 janvier ? Manech est-il toujours en vie ?

Mathilde répond à la figure traditionnelle de l'enquêtrice. Elle est de surcroit secondée par Sylvain qui, tel le Dr Watson pour Sherlock Holmes ou le capitaine Hastings pour Hercule Poirot, fait figure d'assistant. Elle analyse minutieusement les faits, les indices et recoupe les preuves de façon logique jusqu'à l'élucidation du mystère. Chaque étape de son enquête lui fournit de nouveaux éléments qu'elle exploite comme autant de pistes. Elle prend méthodiquement des notes au fil de son enquête, après ses entretiens avec des témoins notamment (celles-ci sont parfois retranscrites telles quelles dans le texte).

Grâce à ces pistes, Mathilde déroule « le fil » de l'enquête. Ce « fil » est présent de façon métaphorique dans l'ensemble du roman. L'incipit, qui décrit la marche des cinq condamnés vers Bingo Crépuscule, est ponctué de la phrase « Attention au fil » (on compte huit occurrences de cette formule qui marque le début du récit), prononcée par des soldats comme une rumeur omniprésente. Il s'agit en fait du fil de téléphone qui « était tout ce qui reliait les hommes au monde des vivants » (p. 47), que les poilus souhaitaient garder intact. Mais ce fil devient dans la narration celui de l'enquête, dont Mathilde se saisit : « [...] il la guide dans le labyrinthe d'où Manech n'est pas revenu. Quand il est rompu, elle le renoue. » (p. 31)

Par ailleurs, on trouve dans le roman les éléments incontournables du genre policier : les preuves et les indices (par exemple la photo et la liste des prisonniers signée qu' Esperanza remet à Mathilde), les témoins (les auteurs des lettres reçues par Mathilde ou les gens qu'elle rencontre), les interrogatoires (par exemple celui auquel Mathilde soumet Esperanza), les aveux (comme ceux contenus dans la lettre posthume de Tina Lombardi), les lettres codées (celle de Nino et celle de Cet homme), le détective privé (Germain

Pire).

L'enquête est en outre semée d'embuches :

- elle contient de nombreuses fausses pistes (les bottes allemandes qu'on croit d'abord portées par l'Eskimo, qui ont été échangées avec Benjamin Gordes, puis avec Cet homme ; les deux hommes rescapés de la tuerie, identifiés par Esperanza et Célestin Poux comme Benjamin Gordes et Jean Desrochelles, alors qu'ils sont en réalité Benoît Notre-Dame et Manech ; les tombes élevées pour les cinq condamnés et portant leur nom ne contiennent pas les corps des deux rescapés) ;
- elle est brouillée par des secrets et des mensonges (l'administration souhaite taire le sort réservé aux cinq condamnés ; l'acte de grâce accordé par Poincaré aux cinq condamnés a été dissimulé ; Tina Lombardi interdit à sa marraine de correspondre avec Mathilde, de peur que celle-ci n'en découvre trop et l'empêche de perpétrer sa vengeance ; Benoît Notre-Dame, le seul avec Juliette Desrochelles à savoir que Manech est sorti vivant du *no man's land*, vit caché et sous un faux nom ; etc.).

Le roman d'amour

Sébastien Japrisot nous raconte également une histoire d'amour, celle de Mathilde et de Manech. Le titre lui-même contient le mot « fiançailles », qui évoque la relation des deux personnages et leur engagement. Ils se sont rencontrés dans leur enfance et se sont aimés, avant d'être séparés par la guerre, avec la promesse de se marier après la fin des combats.

C'est motivée par l'amour que Mathilde s'engage dans cette quête de vérité. Elle est prête à sacrifier sa vie pour savoir ce qui est arrivé à l'homme qu'elle aime. Éternellement fidèle à son fiancé disparu, elle vit au milieu de ses photos et fait construire une maison au bord du lac où ils se sont aimés, près de l'arbre sur lequel est gravé leur serment d'amour : « MMM » (Manech aime Mathilde).

De son côté, Manech, qui a perdu ses esprits, consacre à Mathilde sa dernière lettre. Il y proclame son amour fou et, dans un état hallucinatoire, sa joie de l'épouser le surlendemain, lundi. « Je suis heureux, je reviens », « Mon amour, ma Matti, nous serons mariés lundi » (p. 77-78).

UNE CONSTRUCTION COMPLEXE QUI FAIT PARTICIPER LE LECTEUR

Mathilde déroule « le fil » de l'histoire, défait les nœuds et comble les manques, mais elle n'est pas seule à le faire. Le lecteur est aussi amené à participer à l'enquête. L'auteur joue à le perdre et l'implique dans le récit par la complexité de sa structure et de sa situation d'énonciation.

UNE SITUATION D'ÉNONCIATION VARIÉE ET DÉSTABILISANTE

Le point de vue de Mathilde

L'histoire est racontée à la troisième personne du singulier par un narrateur qu'on croit d'abord extérieur au récit (extradiégétique), mais qui s'avère être Mathilde elle-même (le narrateur est donc intradiégétique). C'est au lecteur de saisir les indices dans le texte et de comprendre que c'est en fait Mathilde qui lui parle. C'est bien de son point de vue à elle qu'est racontée l'histoire. Un extrait du roman le laisse présager : « Dans cette boîte se trouve l'histoire d'une de mes vies. [...] Je la raconte à la troisième personne, ni plus ni moins que si j'étais une autre". » (p. 157-158)

Le discours rapporté

Au discours de Mathilde (la narration) s'ajoutent ceux des personnages qui se confient à elle ou qu'elle interroge. De très nombreuses scènes de dialogue sont retranscrites dans le récit, au discours indirect libre très souvent. Ce procédé ajoute les voix et points de vue de nombreux acteurs de l'enquête et participe de la complexité de la situation d'énonciation. On entend ainsi les « versions » de nombreux témoins qui portent de nouvelles pistes, indices et éléments à ajouter à l'enquête.

Le roman épistolaire

On retrouve dans le roman de nombreuses lettres, la plupart adressées à Mathilde, qui rendent la situation d'énonciation plus complexe encore. La parole est en effet donnée à d'autres personnages que la narratrice, ce qui multiplie les voix et les points de vue entendus dans le récit. Par ailleurs, le lecteur doit combler les trous et reconstituer une partie du discours car il s'agit parfois de réponses à des missives de Mathilde qui ne sont pas évoquées dans le récit.

Ce procédé induit une situation d'énonciation complexe, mais place aussi le lecteur au centre de l'enquête à égalité avec Mathilde qui découvre sur le même mode que lui le témoignage « brut » d'un tiers. Les mensonges, les non-dits, les oublis et les secrets obligent Mathilde et le lecteur à décrypter la parole de l'autre, à recouper les points de vue.

La temporalité

Le récit oscille perpétuellement entre le présent (l'enquête de Mathilde) et le passé (la guerre). L'avant-guerre peut aussi être évoqué, comme c'est le cas dans le chapitre « Les mimosas d'Hossegor » où le narrateur explique la rencontre entre Mathilde et Manech, ainsi que les diverses étapes de leur relation.

Le roman contient également plusieurs ellipses, dont la plus importante est celle qui se situe entre les deux premiers chapitres : dans « Samedi soir », le narrateur relate l'avancée des cinq condamnés dans la tranchée en janvier 1917, tandis que le chapitre « Bingo Crépuscule » présente la rencontre entre Mathilde et Esperanza, qui a lieu en aout 1919. Il y a donc un saut temporel de deux ans.

La structure du récit

Il apparait clairement que le premier chapitre (« Samedi soir ») et le dernier (« Lundi matin ») renvoient l'un à l'autre. Or toute l'enquête de Mathilde porte sur ce qui sépare ces deux moments, à savoir le dimanche 7 janvier 1917. Ainsi, la structuration matérielle du récit est signifiante : l'accent est mis sur la journée du dimanche, comme le signale par ailleurs le titre du roman.

UN DÉNOUEMENT ÉMOUVANT

Le roman s'achève sur une note émouvante et positive : les retrouvailles entre les deux amants après des années de séparation. L'auteur traite la scène des retrouvailles de façon sobre, afin de laisser le lecteur s'en emparer et s'imaginer la suite de l'histoire. Ainsi, pas d'effusion de sentiments de la part de Mathilde ni de Manech ; les retrouvailles des deux personnages répondent à leur première rencontre, alors qu'ils n'étaient que deux adolescents : Manech regarde Mathilde et, étonné qu'elle soit en fauteuil, lui demande : « Tu peux pas marcher ? » Ce rappel préfigure le renouveau de leur histoire, de sorte que le roman s'achève sur un recommencement, après une parenthèse (« un long dimanche de fiançailles ») de sept ans.

PISTES DE RÉFLEXION

QUELQUES QUESTIONS POUR APPROFONDIR SA RÉFLEXION…

- Expliquez le titre du roman.
- Dans le premier chapitre, la phrase « Attention au fil » est répétée, tel un leitmotiv. En quoi ce fil a-t-il une portée symbolique ?
- Quelle image de la guerre le récit renvoie-t-il ?
- Dans l'épigraphe du roman, l'auteur cite *De l'autre côté du miroir* de Lewis Carroll (logicien et écrivain britannique, 1832-1898) : « Je vois personne sur la route, dit Alice. Comme je voudrais avoir d'aussi bons yeux, remarqua le Roi d'un ton amer. Voir Personne ! Et à cette distance encore ! Moi, tout ce que je suis capable de voir, sous cette lumière, c'est des gens ! » En quoi cela fait-il sens par rapport aux recherches que mène Mathilde ?
- Mathilde est-elle une figure d'enquêteur traditionnelle ? Justifiez.
- En 2004, Jean-Pierre Jeunet réalise l'adaptation cinématographique du roman. Par quels moyens le cinéaste a-t-il transposé à l'écran les échanges épistolaires, très nombreux dans l'œuvre de Japrisot ?
- Peut-on estimer qu'à la fin du récit, Mathilde est arrivée au bout de sa quête ? Justifiez votre réponse.
- En quoi peut-on comparer Mathilde à Pénélope, l'héroïne de *L'Odyssée* d'Homère (poète épique grec, VIIIe siècle av. J.-C.) ?
- Dans une interview accordée au journal québécois *Le Devoir*, Japrisot déclare : « Si j'aborde dans mes livres

certaines choses que je pense sur la société, cela me vient vraiment des personnages. Tout ce qui m'intéresse, c'est humain, ce n'est jamais idéologique. » Cette affirmation se vérifie-t-elle pour *Un long dimanche de fiançailles* ?

- En quoi l'œuvre de Sébastien Japrisot, des *Mal partis* à *L'Été meurtrier*, en passant par *Un long dimanche de fiançailles*, est-elle marquée par l'esthétique de l'amour impossible ?

Votre avis nous intéresse !
Laissez un commentaire sur le site de votre librairie en ligne
et partagez vos coups de cœur sur les réseaux sociaux !

POUR ALLER PLUS LOIN

ÉDITION DE RÉFÉRENCE

- Japrisot S., *Un long dimanche de fiançailles*, Paris, Gallimard, « Folio », 2004.

ADAPTATION

- *Un long dimanche de fiançailles*, film de Jean-Pierre Jeunet, avec Audrey Tautou, Gaspard Ulliel et Dominique Pinon, France, 2004.

Retrouvez notre offre complète sur lePetitLittéraire.fr

- des fiches de lectures
- des commentaires littéraires
- des questionnaires de lecture
- des résumés

Anouilh
- Antigone

Austen
- Orgueil et Préjugés

Balzac
- Eugénie Grandet
- Le Père Goriot
- Illusions perdues

Barjavel
- La Nuit des temps

Beaumarchais
- Le Mariage de Figaro

Beckett
- En attendant Godot

Breton
- Nadja

Camus
- La Peste
- Les Justes
- L'Étranger

Carrère
- Limonov

Céline
- Voyage au bout de la nuit

Cervantès
- Don Quichotte de la Manche

Chateaubriand
- Mémoires d'outre-tombe

Choderlos de Laclos
- Les Liaisons dangereuses

Chrétien de Troyes
- Yvain ou le Chevalier au lion

Christie
- Dix Petits Nègres

Claudel
- La Petite Fille de Monsieur Linh
- Le Rapport de Brodeck

Coelho
- L'Alchimiste

Conan Doyle
- Le Chien des Baskerville

Dai Sijie
- Balzac et la Petite Tailleuse chinoise

De Gaulle
- Mémoires de guerre III. Le Salut. 1944-1946

De Vigan
- No et moi

Dicker
- La Vérité sur l'affaire Harry Quebert

Diderot
- Supplément au Voyage de Bougainville

Dumas
- Les Trois Mousquetaires

Énard
- Parlez-leur de batailles, de rois et d'éléphants

Ferrari
- Le Sermon sur la chute de Rome

Flaubert
- Madame Bovary

Frank
- Journal d'Anne Frank

Fred Vargas
- Pars vite et reviens tard

Gary
- La Vie devant soi

Gaudé
- La Mort du roi Tsongor
- Le Soleil des Scorta

Gautier
- La Morte amoureuse
- Le Capitaine Fracasse

Gavalda
- 35 kilos d'espoir

Gide
- Les Faux-Monnayeurs

Giono
- Le Grand Troupeau
- Le Hussard sur le toit

Giraudoux
- La guerre de Troie n'aura pas lieu

Golding
- Sa Majesté des Mouches

Grimbert
- Un secret

Hemingway
- Le Vieil Homme et la Mer

Hessel
- Indignez-vous !

Homère
- L'Odyssée

Hugo
- Le Dernier Jour d'un condamné
- Les Misérables
- Notre-Dame de Paris

Huxley
- Le Meilleur des mondes

Ionesco
- Rhinocéros
- La Cantatrice chauve

Jary
- Ubu roi

Jenni
- L'Art français de la guerre

Joffo
- Un sac de billes

Kafka
- La Métamorphose

Kerouac
- Sur la route

Kessel
- Le Lion

Larsson
- Millenium I. Les hommes qui n'aimaient pas les femmes

Le Clézio
- Mondo

Levi
- Si c'est un homme

Levy
- Et si c'était vrai…

Maalouf
- Léon l'Africain

Malraux
- La Condition humaine

Marivaux
- La Double Inconstance
- Le Jeu de l'amour et du hasard

Martinez
- Du domaine des murmures

Maupassant
- Boule de suif
- Le Horla
- Une vie

Mauriac
- Le Nœud de vipères

Mauriac
- Le Sagouin

Mérimée
- Tamango
- Colomba

Merle
- La mort est mon métier

Molière
- Le Misanthrope
- L'Avare
- Le Bourgeois gentilhomme

Montaigne
- Essais

Morpurgo
- Le Roi Arthur

Musset
- Lorenzaccio

Musso
- Que serais-je sans toi ?

Nothomb
- Stupeur et Tremblements

Orwell
- La Ferme des animaux
- 1984

Pagnol
- La Gloire de mon père

Pancol
- Les Yeux jaunes des crocodiles

Pascal
- Pensées

Pennac
- Au bonheur des ogres

Poe
- La Chute de la maison Usher

Proust
- Du côté de chez Swann

Queneau
- Zazie dans le métro

Quignard
- Tous les matins du monde

Rabelais
- Gargantua

Racine
- Andromaque
- Britannicus
- Phèdre

Rousseau
- Confessions

Rostand
- Cyrano de Bergerac

Rowling
- Harry Potter à l'école des sorciers

Saint-Exupéry
- Le Petit Prince
- Vol de nuit

Sartre
- Huis clos
- La Nausée
- Les Mouches

Schlink
- Le Liseur

SCHMITT
- La Part de l'autre
- Oscar et la Dame rose

SEPULVEDA
- Le Vieux qui lisait des romans d'amour

SHAKESPEARE
- Roméo et Juliette

SIMENON
- Le Chien jaune

STEEMAN
- L'Assassin habite au 21

STEINBECK
- Des souris et des hommes

STENDHAL
- Le Rouge et le Noir

STEVENSON
- L'Île au trésor

SÜSKIND
- Le Parfum

TOLSTOÏ
- Anna Karénine

TOURNIER
- Vendredi ou la Vie sauvage

TOUSSAINT
- Fuir

UHLMAN
- L'Ami retrouvé

VERNE
- Le Tour du monde en 80 jours
- Vingt mille lieues sous les mers
- Voyage au centre de la terre

VIAN
- L'Écume des jours

VOLTAIRE
- Candide

WELLS
- La Guerre des mondes

YOURCENAR
- Mémoires d'Hadrien

ZOLA
- Au bonheur des dames
- L'Assommoir
- Germinal

ZWEIG
- Le Joueur d'échecs

L'éditeur veille à la fiabilité des informations publiées, lesquelles ne pourraient toutefois engager sa responsabilité.

© LePetitLittéraire.fr, 2016. Tous droits réservés.

www.lepetitlitteraire.fr

ISBN version numérique : 978-2-8062-9191-2
ISBN version papier : 978-2-8062-9192-9
Dépôt légal : D/2016/12603/918

Avec la collaboration de Margot Pépin pour le résumé du roman ainsi que les chapitres « Le roman policier », « Un roman d'amour », « Le point de vue de Mathilde », « Le discours rapporté », « Le roman épistolaire » « Un dénouement émouvant ».

Conception numérique : Primento, le partenaire numérique des éditeurs.

Ce titre a été réalisé avec le soutien de la Fédération Wallonie-Bruxelles, Service général des Lettres et du Livre.

Printed in Great Britain
by Amazon